KB137189

이별이 더 많이 적힌다

이병초

시인의 말

오늘이 와 준 게 고맙다. 삶의 평수가 갈수록 줄어들어도 그 덕에 산천을 떠돌며 별별 새소리에 몸을 맡길 수 있어서 좋았다. 학교가 그리운지 이따금 볼에 와닿는 바람은 살가웠다. 습자지에 나침반 달린 손목시계를 그려서 내 심장에 꽂아 주었던 옥이가 펑펑 다가올 것 같아서 행복했다.

언제든 모두 꼭 만나자. 첫사랑 꽃자리를 간직하듯 학교 본관동 앞에 농성 천막을 치고 펑펑펑 함박눈을 기다렸던 날들까지.

2024년 3월

이병초

이별이 더 많이 적힌다

차례

1부 어제를 앓는 꽃송이

글씨 11
한 송이 12
봄날·2 13
풀벌레 소리 14
탈옥수 16
은수저 18
별 19
내 시간을 외등처럼 켜 놓고 20
망명객들 22
옥이 23
코스모스 24
밤길 26
산제 28
목판화 30

2부 어둠살 펴 주듯 눈이 내린다

동트는 기억 속을 35

가만히 36

꽃잎 38

허수아비 39

늑실거리며 40

길갓집 42

안티푸라민 43

몸 갚음 하듯 44

불 46

훔쳐보기 47

눈 내리는 밤에 48

하관 후 50

버들가지 52

동진강 달빛 54

3부 농성일기

농성일기 59

덜 쓴 축문 60

모닝커피·1 61

빗방울 소리에 62

노을이 질 때 63

소리 64

물살 65

모닝커피·2 66

글씨는 죄가 없다 68

내 그림자 70

비의 기억 71

석양 72

종소리 73

나비야 나비 74

버스 78

또옥똑 귀가 트이는 79

그림자극 80

4부 물떼새 소리 들리던 날

입술 83

뒤터진 기억들이 84

외발자전거 86

숨소리 87

막회 88

가을나기 90

붓질이 덜 마른 91

나이테 92

옥이·2 93

소풍 94

생은 누구 것인지 95

홍어 96

적벽강 가는 길 98

돌붕어 100

해설

사지에서 온 편지 104

—정재훈(문학평론가)

1부

어제를 앓는 꽃송이

글씨

풀잎에 간조롱히 맺힌 이슬이 네 글씨 같다

오디별이 뜬 시냇물벼루에 여치 소리나 갈다가 가끔 눈썹에 이는 바람결 시린 바람결 간추려 풀잎의 눈을 틔웠으리

사는 게 뭔지 밤 깊도록 구슬구슬 맑아지는 글씨들

한 송이

면도하려고 볼에 거품을
쓰윽 묻히고 보니
거울 속에도 비가 내립니다
무성한 목련이파리 밑에 백합 한 송이
오소소 빗방울을 깨물어 먹습니다
여태 어디로 가지도 못하고
싸릿대 같은 빗발에 몰매 맞으며
어제를 앓는 꽃송이
거품 묻은 면도날에 쓰윽 밀립니다
감기 든다고, 어여 들어가라고
수건으로 닦고 문질러 봐도 소용없는
왼쪽 볼에 핀 꽃송이
싸릿대 같은 빗발에 더 또렷해집니다

봄날·2

취를 누가 다 뜯어가 버려서 두어 줌 훑어 온 솔잎 깔고 돼지 목살을 삶습니다 냇내 묻지 말라고 불땀을 죽여서 삶습니다 고기 익는 냄새에 생솔 연기가 배어 정지문은 흰 김을 물었습니다

나는 불길에 재 덮어 불땀을 좀더 죽인 뒤 도톰한 목살을 새우젓에 찍을 것입니다 소주가 입에 쩍쩍 들어붙겠지요 고기도 눈썰에 바닥나고요 그 전에 당신이 오면 좋겠습니다 소주병에 비친 꽤 처진 시간일랑 버려 두고 생솔 연기의 눈물 나는 낭만을 당신이 맛보면 더 좋겠습니다

풀벌레 소리

밤 깊도록 죄를 캐는
미치게 더운 풀벌레 소리
피할 곳도 숨 막히는 무더위를
생략할 길도 없다
땡땡 얼린 얼음 물병을
사타구니에 끼었으니
곧 시원해지겠지
글씨를 찍찍 갈겨쓰듯
내 몸속에 눈깜땡깜 구겨 넣었던 시간도
찬찬히 서늘해지겠지
군데군데 이 빠진 톱을 꺼내어
밤 깊도록 무더위를 켜는 풀벌레 소리
새물내 풍기는 옷 입고
사각거리던 밤처럼 그래,
더 들어와, 깊숙이 더 깊숙이
땡땡 언 불알 밑에서 꿈틀거리는
이 저주의 쾌감

납작해진 얼음 물병을 바꿔 끼우면
풀벌레 소리가 더 맹렬하다
목숨 벗으면 입고 갈 삼베옷을
눈깜땡깜 짜대는가 보다

탈옥수

논밭 사이로 구불구불
이어진 길을 이틀째 걷습니다
사람 손을 탄 작물들은
한층 더 푸르게 곱고
풀섶에 숨어 있다가 풀쩍
수갑처럼 빛내며 튀어 오르는 참개구리같이
산들바람이 마중 나오기도 했습니다
생각지도 않은 데서
갈림길과 마주쳐 뒤돌아보면
그제야 자잘한 풀꽃들이
길의 상처처럼 쓰라리고,
어떤 자리에도 섞이지 못해
새끼발가락에 박힌 티눈을
송곳으로 후벼파듯 내 운명을
반납하고 싶던 순간들도
땀방울 들어간 눈알처럼 쓰라렸습니다
어쩌면 집착이었고 어쩌면
입에 칼을 문 절망이었고 어쩌면

강아지풀이었을 되똥되똥 지나온 길은
아무리 잘 봐줘도
눈썹에 서리는 이슬기만 못할 때가
더 많았습니다
새똥처럼 버려진 그늘 깔고
오이를 베어 먹으며
너는 몸통 잡아먹을 싹수라고
밑천 거덜 낼 칫수라고
땅바닥에 패대기쳐졌던 소금기 밴 어저께들이
허리춤 추듯 산들바람을 탑니다
탈옥수는 모자 눌러쓰고
산모퉁이로 기어 기어간 옛길을 바라봅니다

은수저

서랍 틈에 끼어 독毒 먹은 것처럼 까매진 은수저를 수세미에 치약 묻혀 닦았다 박박 문지를수록 까만 거품이 일었다 물로 헹구니 반짝반짝 때깔이 났다

창틀에 뽀얀 먼지를 주저앉히는 빗소리, 은도금이 덜 벗겨진 흐린 빗소리 가지런히 누이면 난 누구의 무덤 속 부장품 같았고 거미줄 뒤집어쓴 얼굴 같았고 은수저 저 혼자 반짝반짝 빛나기도 했다

별

시냇물 속에 누가 별빛 한 점 내걸었다
바람이 닦아 놨을 잔물결 소리 만지작거리며
별은 반짝반짝 빛난다
시냇물은 오래된 기억일수록
더 맑게 닦아 놓는다

지푸라기 끝에 대롱대롱 매달려 있다가
또옥똑 떨어지는 짚시랑물을
손바닥에 받아내던 가시내 눈알 속에도
저렇게 별이 반짝였다

뒷머리 갈래 내어 참새 꽁지같이 묶어서
목선이 더 가늘어진 별
시냇물 속 깊숙한 데서
쌀알처럼 빛난다

내 시간을 외등처럼 켜 놓고

식빵을 소주에 찍어
촉촉한 맛을 즐긴다
바람이 불 때마다 벚꽃잎들이 사르르
땅의 숨소리를 펴 보는 밤
소주가 오늘도 달다
나 죽으면 '祝 사망'이라고
봉투 써 오겠다던 친구
녀석이 비운 작업실에서
불을 끈 일밖에 없는데
소주 적셔진 식빵엔 약간의 소금기가 묻어 있다
살아갈수록 가슴에
이별이 더 많이 적힌다는
뜻으로 읽히므로, 내 시간을 외등처럼 켜 놓고
벽에 손톱금 내고 있을 가시내의 밤도
더는 서럽지 않다

내 죽음을 물음 뜨러 갔는지
친구는 영 소식이 없고

하룻밤 묵어 가자고 촉촉하게
반짝이는 별
사르르 바람결 타는 벚꽃 향기에
심장이 찔리고 싶은 별을
소주에 섞는다

망명객들

새벽 폭우를 틈타
제 세상을 잃고 방으로
뛰어든 망명객들이
천장 여러 곳에서 줄줄 샙니다
양푼과 바가지와 걸레를
빗물 떨어지는 데 받쳐 놓고
동태를 살핍니다

그릇에 빗물이 채워지면 비워내고 축축해진 걸레는 뽈깡 짜서 다시 받칩니다 망명객들은 낙하산도 안 타고 천장에서 줄줄줄 뛰어내립니다 이들을 찾는 빗줄기는 점점 더 세차게 쏟아집니다 한 치의 망설임도 없이 박살 나서 식탁에 방바닥에 창틀에 튄 빗방울들이 뒤꿈치로 까뭉갠 꿈의 지적도 같아서 마음이 짠합니다 새벽잠을 줄줄줄 털린 보초병은 더 큰 그릇을 찾으며 문밖의 동정도 살핍니다

옥이

밥 퍼낸 무쇠솥 바닥을
초승달 같은 놋달챙이로 닥닥 긁어서
주먹밥처럼 뭉쳐 온 깜밥
놀장놀장 눌은 빛깔에 불티 뒤섞인
그 찰지고 고소한 단맛을
조금씩 떼어 먹다가
목 당그래질이 뭔지도 모르고 떼어 먹다가
배 아프다고 꾀를 쓰면
가시내는 자취집 장광에 깔린
흙기와 조각을 구워 와 내 배에 올려놓고
깜밥 묻은 손끝을 떨었다

형들은 여자 친구를 깜밥이라고 불렀다 감춰 먹을수록 더 고소하고 찰진 맛을 왜 여자 친구에게 빗대는지 잘 몰랐다 목선을 더 늘이빼며 저녁 햇살은 그냥 또 지나간다

코스모스

1

너는 반딧불을 얘기했고 나는
아궁이에 장작개비 넣고
볼펜 대롱으로 밑불을 살렸다

반딧불은 별의 혼魂이니 이슬기 서린 처마 그늘에 헹궈 다른 별에 부치겠다고 입술을 쫑긋댔지만 나는 소주 한잔이 먹고 싶었다

부추꽃 위로 반딧불이 쭈욱쭉 금을 긋는 밤
창틀에 벗어 놓은 매미 허물을 쓸어 모았다

2

약국에 간 너는 안 오고
내 이마는 뜨겁다
위와 간에 박혔다는 화를 긁어내
잿물에 타서 마시면 열을 다스릴 수 있다고 들었지만
내 능력 밖의 일이었다

3

어쩌자고 잡풀 속에 피어 키가 덜 컸냐고 구박은 받았을지언정 코스모스 진분홍 때깔이 곱디곱다 가진 게 목숨뿐이어서 목이 더 가늘어졌을지라도 맑은 시냇물 소리 한 모숨 두 모숨 어린 모처럼 머리맡에 심었으리 달빛에 가만가만 나부꼈으리 내 몸과 마음이 처음부터 유배지였음을 알고 뿌리까지 저리 붉어졌으리

밤길

여기가 어딘지 알 수 없다
왜 혼자가 되었는지도
조금만 더 걸으면
밤을 갉아 먹고 눈썹 빛내는
그믐달 역이 있어
내 마음속에 이는 바람 소리
참나무 검표원에게
건넬 수 있을 것 같다

그 열차를 타면
차창 멀리 가물거리는 불빛들이
내 옆자리에 앉아
삶은 달걀을 까 줄 것 같고
노른자가 살짝 묻은 손끝으로
귓불 어루만져 주듯
우표 수집했던 어린 날을
펴 볼 것도 같다
창에 대고 입김을 불면

비료 포대로 막은 쪽창처럼 흐려지는 거울
짝짝이 눈썹을 비춰 보며
아랫목에 참외씨 틔우던
그 비릿한 냄새를 지나
걸림새 없이 살고 싶은
칼 한 자루 못 얻고
옥수숫잎같이 누래진 시간을 덜컹거리다 보면
거기 두고 온 꿈의 핏덩이가
네 체온처럼 만져지리라

참나무 검표원은 바람 속에 잠들었는지
오래전 산으로 떠난 이들의 안부 캐느라고
그믐달 소지를 올리는 중인지
밤길 앓는 새소리
시냇물에 씻기는 새소리 끼고
고향 역은 갈수록 멀다

산제山祭

오래된 묘는 흙이다, 흙

뼉다구 늘짝 그런 것도 없고 그냥 흙이더랑게 근디 그런 것이 뭔 심이 있어서 후손들헌티 복을 주겄냐 복을 주면 살아 있는 사람이 주는 것이지 죽은 뼉다구가, 쪼매 있으면 흙 되어 버릴 것떨이 뭔 지랄헐 심이 있다고 복을 주겄냐 이 말여

황방산 승화원 위쪽
칡넝쿨들이 새순 뻗는 골짝에
아카시아꽃 할미꽃 희디흰 싸리꽃이
먼 꺵매기 소리 진설해 놓았다
묏자리를 수백 군데도 더 팠다는 삽이
소주병을 땄다 골짝 골짝을 때리는
빼꾹새 울음소리로 잔에 채워 올렸다
눅눅하게 봄볕이 든 자리
6·25 전쟁 직후 전주형무소에 갇혀 있던 사람들이
아군에 떼죽음을 당한 곳

명당허고 후손 출세허고는 아무 상관없응게 쓰잘데기없는 것 알라 허들 말고 걍 내려가라잉 햇살 잘 들고 편안해 뵈는 디다가 조상 안 모시고 싶은 후손이 워디 있것냐 물이 철철 나오는 디다가 지 조상 터 잡는 싹수읎는 후손이 워디 있것능가 말이다 햇살 따숩고 사람 눈에 편안헌 디가 명당잉게 그리 알고 내려가라잉

목판화

번갯불이 번쩍번쩍
밤하늘을 빠개 먹을 때마다
마루 밑에서 새끼들 등을 혀로
핥아 주던 누렁이가 보였다

사정없이 내리꽂히는
장대비 뚫고
몇 발짝 떼기도 전에
우르릉 쾅쾅 천둥이 울고
번갯불이 번쩍 우산 살대를
핥아 먹을 때마다
간신히 열리는 창문 타고
교실 안으로 들어가는
내가 보였다

가시내는 턱을 덜덜덜 떨었다
빗물 뒤집어쓴 옷을 짜서 의자에 널고
당장 죽더라도 이렇게

한 몸처럼 딱 붙어 있다는 게
더없이 좋았다
새하얀 웃니 아래 깊숙이 물려 있던
아랫입술이 보고 싶어서
번갯불은 번쩍번쩍 밤하늘을 빠개 먹고
오들오들 떠는 등을 나는
손바닥으로 쓸었다
가시내도 내 등을 쓸었다

그날 밤에 내가 누렁이였는지
누렁이 새끼였는지
그때도 앞이 캄캄했는지
번갯불은 번쩍!
우산 살대를 또 핥아 먹는다

2부

어둠살 펴 주듯 눈이 내린다

동트는 기억 속을

흘겨만 봐도
시들어 버릴 것 같은 꽃송이는
밤새도록 뭔가를 쓴 종이쪽을 뒤로 감췄는지
동진강 잔물살을
눈썹에 매달았습니다

회 포대 종이로 땜질한 어둠을 찍어 밤새도록 쓴 편지, 글씨 한 줄도 못 읽고 강물에 동동동 떠가는 꽃편지- 동트는 기억 속을 알몸으로 빠져나갑니다

편지가 알몸으로 빠져나간 자리에
눈알 찌르는 이름을
띄우고 싶은지, 꽃송이는
풀에 씻긴 맨종아리가 쓰라립니다

가만히

어스름 깔리는 시냇가에 앉아
내 귓속 파먹는 새소리에
성냥불 켜 주며 잠시
환해졌다가 캄캄해지는 순간을 즐겼다

물병아리 두엇이 시냇물 속에
고개 처박을 때마다 눈 뜨는 잔물결들을
밤의 여객선이 찍어내는 판화라고 믿었던 날은
얼마나 멀리 가 버렸나 생각하며
성냥개비를 또옥똑 분지르곤 했다

고이 접히지도 않고
돌돌돌 펴지지도 않는 어제를 매달고
망명객처럼 떠돌았어도
시간의 눈금을 지우기는커녕
소금 한 됫박 못 얻고
바람 속에서 잠을 청했던 삼십여 년이
누구의 꿈속은 아니었을까……

물결이 반짝일수록

더 맑아지는 새소리

머릿속을 일직선으로 빠져나가는 새소리에

성냥불 켜 주며

몸을 가만히 기댔다

꽃잎

점점이 떨어진 꽃잎들
벚나무가 간신히 내려놓은 숨결
차마 밟기 아깝다
혀 밑에 감춘 말들이 쏟아져 버렸을
땅에 납작해진 저 숨결 숨결에 아직도
따뜻한 시간이 째깍거릴 것 같다

허수아비

뭘 잃고 자실 게 없으니
마음이 편하다 처음부터 나는
이 세상에 없었으므로
시냇물 소리 감고
시간이 늙든 뼈만 남기든
누더기도 과분하다
팔뚝 없는 소매에 제 몸속 실을 뽑아 지은 집에서
빼빼 말라 죽은 거미
그녀를 조문하듯
시냇물 속에 툭 불킨 오디별을
그 빛의 지느러미를 나는 사랑했다

내 목에 감긴 오랏줄 풀고
바람도 눈썹을 지우는 시간
손톱 발톱을 깎아서 집에 보내는 병사처럼
눈앞이 어두워도
시냇물 소리는 오디별처럼 맑다

늑실거리며

독감이든 코로나19든
아플 테면 어디 아파 보라고
꼬박 열흘을 늑실거렸다

생솔 연기 쐰 빗자루로
내 몸을 쓸어내리는지
때가 되어 내 몸에
삼베옷 입히고
동전 한 닢 물리는지
밤낮을 안 가리고 잠이 쏟아졌다
병원에 가 봤냐고 왜 약을 안 먹냐고 따지는
뻣뻣해진 뒷목을
목침에 대고 쭈욱쭉 문지르는 동안에도
콧물이 줄줄 흘렀다
온갖 뼈마디가 쑤시고 저렸다

식은땀에 흠뻑 젖은 속옷을 벗으면서
덜덜덜 턱을 떨면서

몹쓸 병 걸린 이 세상도

벗어 버리고 싶었다

길갓집

마루 밑이며 외벽이며 뒷문 처마 밑까지 빼앵 둘러서 장작개비를 참 아금박스럽게도 박아 놓은 집

몇 번을 다시 훑어보아도 필요할 때 서너 개씩 뽑아 쓰려고 장작개비를 저리 숨 막히도록 박아 놓진 않았을 터이다

도끼로 짜악짝 빠갠 장작개비를 중년의 밑불로 지불하고 싶어서 오래오래 적막할 집

안티푸라민

이렇게 밤늦게까장 쌩으로
순 군발이식 야간 강제학습 허다가
치질 걸린 놈들 잘 들어라잉
오늘 핵교가 끝나면 약국에 가서
안티푸라민을 사라
집에 가서 따뜻헌 물로
똥꼬를 사알살 씻어낸 다음
안티푸라민을 듬뿍 찍어
똥꼬 안쪽 1센치 두께로
처바른다 이 말여
글먼 똥꼬 속에 천불이 남서
치질이 낫는 것은 말할 것도 읎고
걸음이 느린 사람은 걸음이 빨라지고
농구 선수는 짬뿌력이 높아진다 이 말이다잉

어그적어적 걷는 시늉까지 곁들여지자 교실은 빵 터져 버렸습니다 선생님은 치질을 생물 문제지에 돌돌 말아서 주머니에 쑤셔 박고는 캄캄해진 창밖만 바라보셨습니다

몸 갚음 하듯

잠을 깬 기척에
물 한 모금 건네고
그녀의 목 뒤며
등뼈 마디마디를 짚어 갑니다
창틈으로 새는 날빛을
혀로 감아 곰곰이 되돌려주듯
심장 박동 소리를 찍어누르고
손끝에서 꿈틀거리는 허리 근육을
몸 갚음 하듯 짚어 갑니다

어디가 아픈지 시원한지
마른 등을 바르르 떨며
숨을 딱 멈추고
파다닥 튀어 오르려는 몸!
등을 세우며 손차양하느라
겨드랑이를 들킵니다
그녀 눈가에 적힌 티끌을
혀로 찍어내고 싶은

내 마음도 들킵니다
얇게 쌍꺼풀 진 반달눈 속에서 나를 꺼내어
버들잎 같은 발을 주무릅니다
가지런해진 숨소리를 따라갑니다

불

흙 뿌려 껐어도 장작 똥가리에 화르르 엉기는 불
붕어가 입질을 하든 말든 시냇물 바닥을 긁는 달빛까지 쪼개 던졌는지 이따금 확 일어나는 불

땅맛 비친 집 주소를 못 찾고 평생 떠돌았으리
제 몸속을 뛰쳐나갈 수 없어서 지글지글 애간장이 타는 것이리
밤의 눈동자같이 이글거리는 불

훔쳐보기

염소 떼 몰고
더 깊은 산속으로 들어갔다는
친구 찾으러 가다가
문득 만났네

빼빼 마른 제 몸에 새옷 해 입히려고 사르락사락 계곡 물소리를 시침질하는 옥수숫잎 햇노란 옥수숫잎에 눈길이 쏠려 제 심장을 머리통으로 뽑어 올린 맨드라미를

햐 이거, 계곡물도 헷갈리는지
실바람 한소끔 덜어 와 졸졸졸 머리를 식히네

눈 내리는 밤에

그날 밤에도 송이송이
눈이 내렸다 제 품을 덜어 주듯
쌓이는 눈발 어딘가에
내 아랫목이 있을 것 같았다
명금산 밑 어느 헛간에 들어 양말을 벗고
언 발바닥 맞비비다
가마때기 두르고 몸을 녹였다
어둠을 찍어 꾹꾹 눌러서 쓴
백합 한 송이라는 글씨와
머리를 빡빡 민 내 허물과
웃을 때마다 손으로 입을 가리던
수줍음 싹둑 잘라 버리고
단발머리로 나타난 가시내와의 기억을
송이송이 합장合葬하던 밤
쥐오줌 냄새 퀴퀴한 어둠 속에
불씨가 숨통을 틔웠다
가마때기 둘렀어도 덜덜 떠는 목숨이
타다 만 장작개비라도 되는지

내 눈을 찌르듯 엉기던 불씨를,
수수깡 벽에 새는 눈송이를
목까지 끌어 올렸다

오늘 밤에도 눈이 내린다
잠들지 말자고 잠들면 죽는다고
꽁꽁 언 손발 맞비비며
열아홉 숨결이 빨아들이던
그 불씨에 목숨 기댔던 밤처럼
송이송이 어둠살 펴 주듯 눈이 내린다
소주가 차갑게 빛난다
무덤 속 같은 헛간을 빠져나와
어금니 거덜나도록 떠돌았어도
여태 아랫목을 못 찾았다
그만 자자고 불을 끈다
보고 싶은 얼굴이 소복소복 쌓인다

하관 후

산자락 눈 띄워 장모님을 모신 뒤 옷가지를 태웁니다 몇 번 못 입은 옷들이 아깐 줄도 모르고 활활 잘도 타오릅니다 아흔한 해를 살았어도 태울 것이 더 많은 일생에 목메는지 옷을 뒤적거리는 막대기 태워 먹으며 불길이 거세집니다

숨이 꼴깍꼴깍헌 어른헌티
여그 있는 고통을 싹 가꼬 가시라고?
그게 헐 말이냐 이 시벌탱이야
여그 있는 고통덜 우리가 싹 짊어질 팅게
인자 눈 펜안히 감으시라고
구십 평생 참말로 애간장 녹으셨다고 혀도
말이 될똥말똥헌디 이 상녀르 새끼야!
어른 가시는 날까장 어른 숨길을
니 잇속에 처박어?

입에 거품을 물었던 찬구 형 목소리며 초점 잃었던 장모님의 눈길은 타지 않고 활활활 불길에 섞입니다 호

미 괭잇날에 찍혔던 날들, 생강 팔러 나섰던 길들이 활
활활 위로가 되는지 어쩌는지 죄목처럼 남은 내 얼굴이
화끈거립니다

버들가지

혼자일수록 술 담배 끊고
이마를 차게 하자고
지난겨울 구들장을 지었다
때론 일주일 넘게 누구와 말을 한 기억이 없어
말의 씨가 말랐는가 싶어
이불 뒤집어쓰고
따옥따옥 따오기를 부르다 보면,
올겨울도 별일 없냐고
옻닭 국물처럼 구수한 목소리들이
다가오곤 했다 그럴 때면
내가 고장 난 기억회로 같았다

두어 차례 송이눈을 받아먹으며
날은 속절없이 지나가고
2023년 1월 9일, 같은 학교에서
두 번씩이나 파면당한 동료들은 어찌 지낼까
학교 주소를 삐뚤빼뚤 적으며
무를 깎아 먹기도 하며

말의 씨가 말랐을까
잠을 청하는 게 두려웠을까
고장 난 기억회로를 못 벗고
춘분을 맞고 말았는데

복직 소식은 없어도
제비꽃은 보자고 시냇가에 나오니
연둣빛으로 빛나는 버들가지
긴 겨울잠을 털어 버린 듯
는실난실 봄바람 타는 버들가지들에 다가서니
속도 없이 내 마음이 그만
야들야들해진다

동진강 달빛

1

동진강 옆 도랑가에 자리를 폈다
밤 깊도록 붕어는 안 물고
갈대끼리 몸 비비는 소리만 가깝다
이따금 낚싯대에 간조롱히 매달린 이슬방울들이
주르르- 쏟아지고
그 서슬에 도랑물 속 반달이
얇게 쌍꺼풀 진 눈을 감았다 뜬다

2

"어디까지 갈 건디?"

강물이 바로 옆에서 찰랑거리는 둑길
물결에 젖은 노을이 가시내
치맛자락에 엉기고 있었다
한 사람만 걸을 수 있는 둑길에 마주 서서
가시내 눈동자 속에 박힌 나를
나는 오래 바라보았다

눈동자 속에 노을이 타오르고 있었다
내 얼굴이 화끈거리기 시작했다
어디까지 갈 건지 대답도 못 하고
눈길 속에 눈길이 갇혀
서로 애만 태우는 두 사람을
노을이 감쌌다 바람은 저만치
몰려갔다가 되돌아오고
벼 포기 밑동만 남은 텅 빈 논에
청둥오리 떼가 모여들었다
강기슭 베고 누운 조각배처럼
가시내 무릎을 베고 가시내가 이끄는 대로
몸을 맡기고 싶었던가
갯내 묻은 바람에 뭐든
죄다 들켜 버리고 싶었던가

3

도랑물 휘어진 이 굽이에서
오래전에도 지렁이를 꿰었다

지금 흐르는 물이 그때 물일 수 없지만
모두 타인이 되어 간다지만
달빛은 고요하다
붕어도 못 잡고 갯버들 속에 이슬을 피했던 자리
교련복 윗도리 깔개 삼고
인절미 구워 먹으며
가시내가 콩고물 묻은 검지에 이슬 매달아
입술을 축여 주던 자리
오늘 밤엔 별이 글썽인다고
새끼 염소의 혀같이 말랑거리는 목소리로
내 목을 조이던 자리
멎어 버린 시간처럼 달빛에 젖는다

3부

농성일기

농성일기

경기 북부에 있는 K대학교. 교수협의회 소속 교수들은 설립자 A씨의 행동을 묵과할 수 없었다. 교비 횡령은 물론 각 과科의 교육 과정까지 손대더니 멀쩡한 과를 폐과시켜 버렸고 급기야 구조조정을 한답시고 교수협의회 소속 교수들 대부분의 강의와 급여를 몰수해 버렸다. 교협 교수들은 2019년 9월 19일 본관동 앞에 대학 정상화를 요구하는 농성 천막을 쳤다.

덜 쓴 축문

동료들이 강의에 들어간 뒤
나는 다시 홀로 되어
사기 접시에 향나무 토막을 깎아서
태우곤 했다 악연이 나만
피해 갈 리 없다고 향 연기가 피어오르고
사위는 물을 친 듯 조용했다
덜 탄 불씨 뒤적거리며 향냄새가
내 몸을 염습斂襲하는 것 같았다
그러면 나는 지금 세상의 마지막을
보고 있는 셈인데, 생의
한 꺼풀을 벗는 순간은
이렇게 홀가분한 것이구나
다음 생엔 풀잎과 이슬과 여치 소리를 본적지 삼자고
머릿속에 쓴 축문을 되새기다가
누가 똑똑 문을 두드리면
나는 덜 쓴 축문을
후다닥 벗어 던졌다

모닝커피·1

화분에 엎어 놓은 달걀 껍데기들처럼
방 안은 조용했다
앞집 처마에 가려 햇살이 못 미쳐도
유리잔에 떨어지는 커피 물 소리를
입술에 끼우고 굴리는 게 나는 좋았다
다리 꼬고 커피를 마시며
잔에 간직된 온기를 귓불에 대 보기도 하며
자주색 생감자 먹고 목이 쉬었던
어린 날의 토막을 어루만지며
집 주소 적힌 편지 봉투처럼
납작해지는 것도 나는 좋았다
농성 천막엔 동료들이 벌써 와 있겠다
강의 빼앗긴 얼굴들끼리 정답겠다
커피 맛이 쓴지 고소한지
식빵 봉투에 찍힌 날짜도 눈썹이 젖곤 했다

빗방울 소리에

천장에 또옥똑 떨어지는 빗방울 소리
무슨 신호 같다
누가 보고 싶어서 또옥똑 끝없이 전보를 치는지
답을 적어 달라는 것 같다

답을 적기도 전에 누가 내 시간표를 작성해 버렸던가…… 나는 때때로 길거리에 내쫓겨 서울을 뱅뱅 도는 2호선을 탔고 그렇게 밑 터진 어제와 오늘을 홀미치는 빗방울 소리에 또옥똑 피가 맑아지곤 했다

천막에 장대비가 또 쏟아질지
전보 치는 속도로 누가 보고 싶은지
그 답도 못 적었는데, 천장에
그려지다 만 빗물 지도를 또옥똑
찍어내는 빗방울 소리
머리말에 동그랗다

노을이 질 때

내 목숨을 노리는 적들은 포위망을 좁혀 올 것이었다 숲에 도사린 적들은 먼저 내 늑골을 찍어 숨 막히게 할 심보였다 저격수가 필요했지만 내겐 볼펜 한 자루뿐이었다 바람과 햇살과 시냇물 소리를 숫돌에 벼려 저녁놀을 만들 재주가 나는 없었다 천막에 우수수 몰리는 가랑잎 가랑잎들의 너비와 두께를 재 보는 내 일상이 되레 적을 불러낸 것인지 모르겠지만

며칠 전 하굣길에 버려졌던 고양이 시체
평생 먹잇감에 골병들었을,
못 감은 눈이 빨아들이던 저녁놀이
저들 몸속에도
골고루 퍼지길 바랐다

소리

무슨 소리가 들려

인절미 싸 온 은박지 밑을 조심스레 긁는 소리 천막 틈 벌어진 데에 좁쌀알 떨어뜨리는 소리 거미줄 수의나 해 입은 여치 빈소에 못 들어오고 나뭇가지를 느리게 비껴치는 소리

누군가 제 몸에 적힌 집 주소를 꺼내어 흐린 거울처럼 닦는가 보다

물살

민박집 평상에 빨간 고추들을 배 따서 널어 말리는 할매가 보였다

난 갈 길이 없었고
누구를 만날 생각도 없었다
찬바람이 더 나면 무슨 일거리라도 잡히겠지
내가 왜 실업자가 되었는가를
조목조목 짚지 않았듯
물비린내에 젖어 시무룩해진 버들잎을
뒤적거리는 물살도 그런가 싶은데

천막에 돌아갈 길도 잊어 먹고 물살이
버들잎 목덜미 살을 혀로 만진다
조목조목 짚지 않는 숨소리에 버들잎은 진저리를 친다

모닝커피·2

동료들은 오늘도
간밤 꿈자리를 들추듯
연구실 문을 빼꼼히 열 것이다
학교가 폐교될지도 모른다는 소문을
커피에 빵처럼 찍을 터이다

강의를 뺏긴 연구실
그 문에 매달린 종을
바람이 가만가만 흔들면
여러 겹 꿰맨 마음을 저버리고
얇아지는 시간이
손끝에 자꾸 감겼다
오늘은 어떤 얘기를 할까 뭘 할까
댕댕거리는 종소리에
밑줄 긋다 보면 나는
어느 절간에 버려진 위패 같았다
무디고 더뎌 까매지는 이력일지라도
덜덜거리는 어금니처럼

책장에서 쉽게 뽑힐 땐
벽에 머리 기대고
내 숨소리를 바라보았다

동료들이 올 시간
귓결에 스친 꿈의 약도를 찾듯
커피를 내린다 바람이
가만가만 흔들고 가는 종소리를
빵처럼 굽는다

글씨는 죄가 없다

이슬에 젖어 바닥에 떨어진
판결문, A씨의 죄명과
징역 5년을 선고한다는 글씨가
쭈글쭈글하다

특경법 위반, 업무상 배임
직업안정법 위반 등의 죄목이 적힌
판결문을 농성 천막에 가져와
수건으로 물기를 찍어낸다
밤새도록 이슬 먹느라고 애썼다
글씨는 죄가 없다
비리 총장이 안 물러나도
임시이사 파견을 촉구하며
목이 쉬어도
MBC, SBS 뉴스에
학교가 엉망진창이라고 보도되고
화면 자막에 기사가 적혀도
글씨는 이게 무슨 뜻인지 모른다

젖은 짚 태우는 냄새가 문득 가깝다
저들과의 악연을 끝내고 싶은 누군가가
빈 하늘의 가슴을 빠개
쭈글쭈글해진 글씨를 말리는가 보다

내 그림자

학교 가려고 전봇대 뒤에서 버스 기다리는데 그는 보도블록에 맨몸을 깔았다 내가 담배를 빼무니 저도 담배를 빼문다 손수건으로 땀을 닦으니 저도 땀을 닦는다 바닥이 지글거려도 물 한 모금 달라는 소리가 없다 녹다만 쓸개간장을 더 납작하게 지지는가 보다

비의 기억

천막이 샌다
빗방울 떨어지는 곳에 양푼을 받쳐 놓고
똠방똠방 깊어 가는 밤
비가 쉽게 그칠 것 같지 않다
스무 살 땐가 지붕 손보려고 올라갔다가
축축해 뵈는 기왓장을 들어냈을 때
거기 소도록하던 팥알 강냉이알
쥐 이빨 자국 찍힌 고구마 토막들은
어느 기왓장 밑에서 소도록 소도록 젖고 있는지

사는 게 뭐냐는 말을 부엌칼 손잡이로 굵은소금처럼 뭉개 버렸어도 가슴에 그어진 빗금은 저 빗발에 더 굵어지겠다

천막에 들이치는 빗소리
전축판 긁히는 소리를 내며
목이 꽉 쉬었다

석양

네 숨소리에 빨려 들어가
심장처럼 팔딱거리고 싶지만 답이 없다
농성 천막이 뭔지도 모르는
소슬바람의 결이며 구절초 희디흰 꽃잎에
목숨 공양하는 햇살
제 핏물 내어 품은 햇살이 뼈에 저리다

종소리

연구실 문에 매단 종이
바람을 타고 댕댕댕
맑은 소리를 내곤 했다
나는 약솜에 소주 묻혀
연필심을 뾰족하게 빛내거나
커튼 밑에 쌓인 먼지를 닦기도 하며
창밖을 자주 내다봤다
이러면 몰수당한 시간이 바람의 본적지를
찾아낼 수 있는가 댕댕거리는
종소리 뒤에 서면
나는 흰나비가 되거나 새소리가 되어
옥수수알처럼 빛나는 시간을
꺼낼 수 있을 것 같았다
바람도 급여와 강의를 몰수당했는지
종소리를 또 헹구어낸다

나비야 나비

동료들은 내 얘기를 즐겁게 들었다. 우리의 기억에도 까마득한 농경문화, 괭이와 쇠스랑과 갈퀴의 몸종으로 살다시피 한 농사꾼의 옛얘기를 안타까워했다. 여기에 사람과 짐승이 한데 어우러졌던 대목에서는 신기하다는 표정이 역력했다. 농성 천막 바닥에 깐 얇은 모포에 발을 묻고 다음 대목이 어떻게 될까, 숨길을 보탰다.

내 기억은 달랐다 서까래 같은 구렁이가 담 밑에 나오면서부터 집안이 쫄딱 망했다고들 했지만 그것은 고모들 기억일 뿐이었다 동네 사람들의 입똥내에 휘감긴 그놈의 구렁이는 제삿날이면 어김없이 되살아났어도 내 삶의 테두리를 파고든 것은 구렁이가 아니라 고양이였다 나비야, 하고 부르면 녀석은 다가와 등을 굴렸다 내 손등을 핥아대는 나비의 혀와 입술은 부드러웠다 새끼티를 벗으면서 나비는 쥐를 잡기 시작했다 광이나 마루 밑에서 쥐를 물고 나오는 날이면 나비 밥그릇에는 비린게 많았다

나비는 언제부턴가 식구들의 말을 안 탔다 녀석을 밤낮 끼고돈 게 탈이었다 정이란 받으면 받을수록 더 허기지는 것인지도 몰랐다 나비는 안방에 똥오줌을 내갈기다 못해 핏방울이 뚝뚝 떨어지는 쥐를 물어다 놓곤 했다 군불 지피려고 아궁이 앞에 앉으면 불쑥 튀어나와 사

람 혼을 빼 놓기 일쑤였고 부엌 어딘가에 숨어 있다가 비린 반찬이 밥상에 올려지자마자 낼름 핥아 먹고 달아나 버리곤 했다 누구도 이런 나비를 예뻐할 리 없었다 나비는 골칫거리였다 닭장 옆 살구나무에 묶어 두고 싶었지만 식구들 손에 잡힐 나비가 아니었다

그런 나비가 잡혔다 길수 아재가 광에서 산태미를 들고 나오는데 쥐를 입에 문 나비와 맞닥뜨린 것이었다 아재는 산태미를 던져 나비를 덮쳤다 아재는 나비의 목을 누르고 있는 괭이자루를 내게 맡기고 나일론 끈을 나비의 목에 걸었다 나비는 미친 듯이 발버둥을 쳤다 그러나 아재의 악력握力을 당해낼 수는 없었다 어느 순간 나비는 발톱으로 아재의 팔뚝을 야물게 그어 버렸다 아재는 팔뚝에 핏방울이 방울방울 돋아났다 아재는 솥뚜껑 같은 손으로 나비 등을 쥐고 살구나무로 가더니 옆으로 뻗은 굵은 가지에 나비를 목매달아 버렸다 나비는 캑캑대며 공중에서 이리 뛰고 저리 뛰면서 헛발질을 했다 나일론 끈은 질겼다

나비는 죽을 것이었다 시간이 갈수록 나비의 몸은

아래로 축 처져 버렸다 어느새 밤이 되었다 식구들은 나비를 잊어 먹고 내일 시장에 내갈 고구마순을 다발 짓고 있었다 그때 지독하게 젖에 굶주린 애기 울음소리가 들렸다 아니, 우리 집에 웬 애기 울음소리냐? 식구들이 소리 나는 쪽으로 고개를 돌리니 아, 살구나무에 매달려 죽은 줄 알았던 나비가 마당에서 날뛰고 있었다 제 목을 조이던 나일론 끈을 풀어내느라고 죽을 똥 쌌는지 눈에서 푸른 불이 뚝뚝 떨어지고 있었다 식구를 노려보는 푸른 불빛이 이리 뛰고 저리 뛰며 밤을 지지고 있었다 괴기스런 울음소리로 집 안을 물어뜯고 있었다 나비는 밤하늘이 찢어지게 두어 번 길게 울더니 담 너머로 사라져 버렸다

집에 다시 흉한 일이 생긴 것은 여기서부터였다 살구나무가 말라비틀어졌고 아버지는 벌이는 장사마다 때려 엎었으며 우리 집은 셋방으로 물러났다 그러나 그깟 고양이 한 마리가 집안을 절단 낼 수는 없었다 집안이 쫄딱 망해 버린 딴 이유가 분명히 있을 터였다 그것이 무엇인지도 모르고 나는 나비의 안부가 궁금했다 내 이

름에 겹쳐지는 허기를 벗고 인간 밖으로 튀어 나간 나비

야, 나비

버스

본관동 앞 농성 천막 곁으로
마을버스가 삼십 분 간격으로 들어왔다가
학생들을 태우고 떠났다
나는 엔진 소리만 듣고도 시간을 짐작한다는 듯
천막 기둥에 머리를 기대곤 했다
그러다 빵빵거리는 소리에 놀라 눈을 번쩍 뜨면

"동료를 해고시키겠다는 구조조정 안에
과반수 가까운 동료들이 찬성표를 던졌다
2017년 2월 13일이었다
문득 중국 단편영화 〈44번 버스〉가 생각났다
내 숨소리를 똘똘 뭉쳐 검처럼
뽑고 싶었던 걸까
밤늦도록 베갯잇이 달빛에 빛났다"라고

2년 전 일기장에 써 놓은 글씨가 천막에 어른거렸다
동료라고 믿었던 그들의 시간은 알 수 없었다

또옥똑 귀가 트이는

천막 지붕에 또옥똑
떨어지는 빗방울 소리
귀가 맑게 트인다
비에 젖어 눈알 빛내는
떡갈잎들 거두며 가을은 깊다
운동장에 무작정 투신하는 빗방울처럼
목숨에 기댄 적 없어도
어머니의 가난과 농성 천막을 물려받았으니
가을을 배웅해도 되겠다는 듯
오목가슴이 쫙 펴진다
강의 들어간 동료들 기다리며
또옥똑 귀가 트이는 빗방울 소리
내 마음에 적힌다

그림자극

날이 지면 벽에 그림자가 비쳤다 승용차 바퀴 위로 취업이란 글씨가 거꾸로 적히고 누가 쇠 파이프를 질질 끌었다 짧은 치마에 붐비는 눈송이를 덮치듯 자동차 불빛이 휘이익 지나갔지만 그림자들은 말짱했다

동네에서 빌려온 깔판 위에 비닐 깔고 군용 담요를 편다 어젯밤 꽁꽁 언 꿈이 얼음 비늘로 돋는지 살냄새가 그리운지 턱이 덜덜덜 떨린다 지금은 등짝에 딱 붙어 있어도 언젠간 내 형체와 함께 사라질 그림자…… 지금까지 내가 본 모든 것은 그림자의 이력 아닐까…… 봄이 오긴 올 것이었다

4부

물떼새 소리 들리던 날

입술

갯가 그물코를 빠져나가는
물떼새 소리 타고
동그랗게 번져 오는 잔물결이
옥이 입술 같다

맹꽁이 운동화 새것으로 사 온다더니 여태 소식이 없다고 쫑긋거리는 입술, 입술 속에서 동진강 둑길에 벗어 놓은 내 열아홉 살이 당장 튀어나올 것 같다

잣대로 잴 수 없고 저울에 달 수도 없는 우리 시간을
몽당연필처럼 아껴 쓰자고
가만가만 숨소리 나누던 밤이 있었다

뒤터진 기억들이

누렁이 옻칠 낸 물에
아픈 발목을 담갔던 삼촌은
나무 상여를 탔다

삼촌은 고춧잎만 한 새끼 붕어를 좋아했다
묵은지 한바탕 지져낸 솥에
배도 안 딴 히뜩히뜩한 것들을
양푼째 쏟고 또 지졌다
쓸개가 붙어 있어서 입에 쓰디쓸 새끼 붕어들이
다갈다갈 끓는 동안, 삼촌은
칡넝쿨을 쪼개 산태미 발을 펴 주고
거미줄 떼어냈다
괭이자루에 쐐기를 박았다
산짐승 생간 소금 찍지 말자고도 다짐했다

솥뚜껑 떨어지는 소리가 나서
부리나케 가 보니
배도 안 딴 히뜩히뜩한 새끼 붕어들이

주방 바닥에 허옇게 깔렸다
솥이 뜨거워지자 뒤터진 기억들이
한꺼번에 튀어나온 모양이다

외발자전거

담배 사려고 편의점 불빛에
동전을 비춰 보는데
자두나무 밑에 외발자전거 한 대
바퀴는 푹 꺼졌고 살대들이 튀어나왔다

저리 못쓰게 망가졌어도 그에게도 어젯밤이 있었으리 달빛 비치는 수돗가에 양말과 속옷 빨아서 널고 펏기 잃은 이부자리 가만히 쓸어도 보았으리 외길 못 벗어난 하루가 달빛에 번들거렸으리

담배 사는 것도 잊어 먹고
불빛에 반짝일수록 더 가난해지는 백동전을
이빨로 깨무는 밤이다

숨소리

갯버들 그늘에 앉아서 붉은 찌를 바라보는데 저쪽에서 이따만 한 잉어가 풍덩! 몸을 처박습니다 그 서슬에 동그란 물살이 밀려와 내 얼굴에 금이 갑니다

오래전에도 이 물살에 번지는 얼굴을 바라보다가 가슴에 끄리고 살던 얼굴 하나 꺼내어 오래오래 맞대 본 적이 있습니다 서로의 얼굴에 감기던 숨소리, 뭔가를 꾹꾹 참던 숨소리에 막혀 오늘도 날은 무덥기만 합니다

푸른 갈대를 베어 깐 자리에 물떼새 소리가 더 가깝게 들리던 날이었습니다

막회

바다가 안 보이는 어청도횟집
뭐 먹을 거냐고 얼굴만 내민 아줌마에게
막회 한 접시 부탁했을 뿐인데
손님은 나 혼자뿐인데
도마질 소리가 길다

안 팔린
생선 토막들이
막 썰어지지
않는 모양이다
안 팔렸던
생선처럼
순 싸구려로
떨이로
청춘이 팔려 버렸다고
도마질이
툴툴거리는지도
모르겠다

바람 소리가 목에 그어진 아줌마가
초장에 버무려 내놓은 막회
숭언지 뭔지 입에서 사르르 녹지는 않아도
뼈째 씹을수록 살이 찰지다
초장 묻은 입술로 잔을 내미는 아줌마에게
몇 토막 안 남은 내 청춘도 막회처럼
두툼하게 썰려서
안줏감이 될 것만 같다

가을나기

고구마 캐낸 밭에 시금치 씨를 삐고 갈퀴로 긁어 놓으니 마음이 한갓지다 벌건 대낮인데도 떡갈잎 뒤를 자꾸 들이받는 굴뚝새 소리 가위로 오려내 창에 걸어 두면 방이 환해지리라

나는 갈퀴의 몸종이 되어 멍석에 널린 무시래기를 골고루 뒤적거린다

붓질이 덜 마른

개펄에 푹 빠진 오징어 먹물 캐러 갔는지
형은 움막에 없다

그림이 되든 말든 배가 고프면
빼빼 마른 나무토막들이며
파도 소리를 손갈퀴로 긁어모아서
갈매기가 끼룩끼룩 물어다 주는 조개껍데기밥을
양푼에 데워 먹었다는 형

신문지에 싸다 만 꼬막들의 꺼끌꺼끌한 체온이나
오래오래 뒤적거렸을
붓질이 덜 마른 형의 안부를 묻듯

슬픈 가분수 같은 국자로
화덕에 재를 퍼낸다

나이테

문짝도 정짓간도 다 짜부라져
차라리 폭삭 무너져 버리면
보는 사람이 더 맘 편할 집
퀴퀴한 윗목에 나이테가 찍혔다
창문 쪽으로 갈수록 폭이 좁다
천장이 샜던 모양이다
속엣말 꺼낼 새도 없이 빗물이 줄줄줄
방바닥에 흥건했을 것이다
축축한 시간이 마르기도 전에
빗물은 또 들이쳤을 것이고, 줄줄줄줄
새는 천장을 버티며 집은
반 잘린 나이테를 지어냈을 터

보고 싶은 마음이 채 마르기도 전에
줄줄 샜을 내 몸속 어딘가에도
저런 나이테가 찍혔는지
짜부라진 창문 너머에 핀 목련꽃
송이송이 눈에 시리다

옥이·2

명금산 앞 들판을 가로지르는 바람은 매웠다 눈 위의 눈을 쓸며 바람이 등줄기 되작거릴 때마다 내 작은 키가 일 센티씩 줄어드는 것 같았다

짚다발 뽑아낸 짚벼눌 속에서 벌게진 손목을 겨드랑이에 끼었다 이빨을 닥닥 떨며 희끗희끗 눈발이 또 날렸다 옥이는 대문을 나섰을까 이마빡 쓸어 올리며 무릎을 폈다 접었다 하며 교련복 윗주머니에 성냥알들 쏠리는 소리가 지푸라기에 긁히고 눈발 사이로 팥죽 냄새가 묻어나는 것 같았다 옥이 모르게 죽음이 다녀가는지도 몰랐다 그래도 귀를 바깥에 뽑아 놓고 짚벼눌 속에 새는 빛에 눌려 숨이 막혔다

소풍

쌍계사 벚꽃 그늘로 어머니를 모셨다
지난겨울 죽은 것 같았던 고목에 한꺼번에 꽃이 피어
바람이 불 때마다 사르르르 꽃잎이 휘날리는 길
풍 맞아 다리 한쪽을 절름거리시면서도
이를 어쩐디야 어찌면 좋디야

생生은 누구 것인지

말끝마다 찍자 붙듯
바람 소리가 질기게
창틈으로 새어들었다
밥은 잘 먹냐는 말에
녀석은 풍선처럼 부풀어 오른 배를 가리키며
수돗물 냄새가 나서
보리차도 못 넘긴다고 했다

녀석은 입을 조금 벌린 채 잠들어 있다 소주로 간암을 캐내고 싶었던 시간조차 동이 났는지 얼굴이 검다 프레스에 뭉툭 잘려 손가락이 세 개만 붙은 오른손이 눈에 아프다

누가 다녀간 흔적이 없는 병실
생生은 누구 것이냐고
링거액이 저 혼자 또옥똑 새고 있다

홍어

깨 갈아 붓고 끓여낸 머위탕이 제맛일 때면 가르내에 사는 큰고모가 소반상만 한 홍어를 사 왔다 나는 거름자리를 파서

그 속에 깨끗한 재를 깔고
그 위에 보릿대 깔고
그 위에 홍어를 담고
홍어 위에 다시 보릿대 덮고
그 위에 거름을 또 덮어 사나흘 삭혔다

소똥 돼지똥이며 음식물 찌꺼기 뒤집어쓰고 퇴비가 되는 거름 더미 속은 천불 나게 무더웠을 터, 거기서 캐낸 홍어는 살이 금방 흘러내릴 것 같았다 흐물거리는 살 아무 데나 붙은 재와 티를 대충 헹궈서 탕을 끓여 오면 할아버지는 콧속이 쐐- 한지 천불 나는 속이 풀리는지 땀을 뻘뻘 흘리며 후아 후아 입김을 천장에 내쏘았다 틀니 딱딱거리며 살만 발라서 먹고 뼈는 상에 내려놓았다 당신이 못 씹은 홍어뼈를 나는 오독오독 깨물어 먹었다

그런 날 밤이면 할아버지 몸에서도 내 몸에서도 홍어
탕 냄새가 났다 구렁이 나간 뒤 쫄딱 망했다는 우리 집
이 밖에선 거름 더미 같을 거였다

적벽강 가는 길

산길인가 싶으면
바다가 가깝게 다가왔고
파도 소리를 끼고 걷는다 싶으면
다시 산길이었다

잡목들 사이로 퀴퀴한 짐승 털 냄새가 풍겨 오기도 했다 칡넝쿨이 하늘을 가린 대숲을 지나다 보면 군인들이 철수한 초소가 있었고 소망을 적어 철조망에 매단 패들이 갈매기 소리에 귀를 쫑긋댔다 길은 앞을 툭 털어내며 바다를 보여 주었고 이내 바다를 꿀깍 삼켜 버렸다

파도는 멧방석만 한
가오리가 잡혔다는 시절을
짭조롬하게 실어 오고, 하섬까지
바닷길이 열린다는 오늘을
절벽에 바짝 붙였다
바위에 부서져 산산이 튀는 파도를 등지고

우럭회를 뜨다가
비린내 묻은 손으로
내 귓바퀴를 잡아당길 가시내가
맨발로 달려올 것 같았다
집채만 한 바위들이 몸을 눕히고
숨소리를 잇댄 바닷길
석양이면 바위가 붉게 빛난다는 얘기를 타고
파도는 선사시대에 감기고 있었다
수십만 년 씻어냈어도 되레
더 검어진 인간의 역사를
파도는 석양처럼 구워 먹을 것이었다

자디잔 파도 소리를 입고 저녁놀이 적벽강을 빗질하기 시작했다 바다는 몸을 자꾸 뒤집으며 주먹만 한 해를 품에 떨어뜨리고 갈매기 둬 마리가 해송 그늘을 쪼아 먹었다 내일이란 글씨를 입고 파도 소리가 종이배처럼 반짝반짝 접히기도 했다

돌붕어

고산천 얼음을 깨고
뜰채로 건져 왔다는
돌붕어 댓 마리
지느러미와 아가미와 비늘에
깨알보다 작은 점들이 박혀 있다

한 치 앞을 모르고
물살 거스르다가
얼음장 깨지는 소리를 뚫고
튀어 나가려는 순간
비늘들이 몸을 힘껏 껴안았으리
사는 꼴이 이게 뭐냐고
목숨이 필요하다면 주마고
몸부림치면 칠수록
지느러미와 비늘에 아가미에
박힌 점들이 더 검어졌으리

뜰채에 속절없이 붙잡혀 온 돌붕어

배를 딴다 내장 후벼내고

칼등으로 비늘을 벗긴다

덜 벗겨진 비늘에 박혀 있는 검은 점들이

내 얼굴에 튀어 백일 것 같다

해설

사지死地에서 온 편지

정재훈

사지死地에서 온 편지

정재훈(문학평론가)

시냇물 소리 쟁여 놨으니
맨걸음으로 달려오세요
흰나비 집배원 붙들고
편지를 쓴다

—「능소화」 부분(이병초, 『까치독사』, 창비, 2016)

예전에 어떤 편지를 받았던 적이 있습니다. "흘겨만 봐도 깨져 버릴 것 같은 이슬방울"(「편지」, 『까치독사』)로 쓴 것이었습니다. 연약한 "알몸"으로 이곳에 남겨진 "기억들이 날것으로 뒤엉켜" 있었습니다. 글씨들에서 이제 막 "아침놀"에 밀려난 "어둠"의 흔적이 배어 있었습니다. 참으로 미묘한 시간차로 쓰인 편지 같았습니다. 빛과 어둠의 경계에서, 명순응의 그 찌릿하면서도 무력하기만 했던 일순이 떠오르면서, 그토록 연약했던 무언가가 이따금씩 묵직한 흔적을 남길 수도 있다는 사실에 깜짝 놀라기도 했습니다. 지금까지 이런저런 핑계로 흘겨만 봤던 것들이 저마다의 글씨를 품고, 보이지 않는 경계에서 자신들의 온 힘을 표출한 게 아니었을까, 라는 생각도 했었습니다.

이병초 시인은 이번 시집에서도 우리에게 편지를 띄웠습니다. 무녀리 같은 「글씨」를 내보이면서, 시인이 예전에 우리에게 써 준 편지와 동일한 필체인 이슬방울을 "풀잎의 눈"처럼 틔웠습니다. 하지만 이것을 보고 이전의 편지와 똑같다고 생각하진 마십시오. 편지도 여러 번 받다 보면, 이전의 것들과 지금 손에 받아든 것 사이에 그간 눈치채지 못했던 중대한 사실을 발견하기도 합니다. 이로써 오래된 기억이 선명해지면서 전에 없던 생명을 얻기도 하지요. 그런데 이 과정에는 고통이 뒤따릅니다. 「동트는 기억 속을」 파헤친다면 "풀에 씻긴 맨종아리가 쓰라"리면서 마치 불에 덴 것마냥 화끈거림을 느끼기도 했을 겁니다. 아침에 본 눈이 한때는 "밤의 눈동자같이 이글거리는 불"(「불」)이었다는 사실을 간과했던 탓입니다.

> 생각지도 않은 데서
> 갈림길과 마주쳐 뒤돌아보면
> 그제야 자잘한 풀꽃들이
> 길의 상처처럼 쓰라리고,
> 어떤 자리에도 섞이지 못해
> 새끼발가락에 박힌 티눈을

송곳으로 후벼파듯 내 운명을
반납하고 싶던 순간들도
땀방울 들어간 눈알처럼 쓰라렸습니다
어쩌면 집착이었고 어쩌면
입에 칼을 문 절망이었고 어쩌면
강아지풀이었을 되똥되똥 지나온 길은
아무리 잘 봐줘도
눈썹에 서리는 이슬기만 못할 때가
더 많았습니다.

—「탈옥수」 부분

그 이후부터 저는 시인의 시에서 싱그럽고 아름다운 부분만을 보지 않게 되었습니다. 이상하게도 곳곳에 맨발을 한 적막과 상처가 강렬하고 거침없이 제게 다가오는 듯했습니다. 첫사랑의 기억에서 쓰라린 상처가 떠올랐고, 시인의 글귀를 무심코 힘주어 따라 쓰다 보면 종이에 굴곡이 생기기도 했습니다. 그때의 아름답던 장면이 이후에 어떻게 이별로 이어지는지 이제는 환하게 보이는 것 같았고, 결국에는 펜 끝으로 인해 뚫리거나 찢긴 부분이 마치 공동空洞과도 같은 긴 마침표처럼 이어지기를 바랐습니다. 그러다가 문득 이곳을 바라봐야 할 눈은 "티눈"이라는 것을 알게 되었습니다. "풀잎"처럼 싱

그렇다든가 아니면 "불"처럼 이글거리는 것이 아니라, 오히려 땅 위로 고통을 끌고 다니며 생겨난 맨눈이지요.

물웅덩이처럼 어떤 장면들은 무엇으로도 섞이지 않은 채로 고여 있습니다. 쉽게 메워지지 않은 탓에 마음에 적적한 물살을 일으키고, 평소와는 다른 보폭으로 길을 걷도록 요구하는 이러한 장면들은 대개 시적인 것에 가깝습니다. 그렇게 "땀방울"이든 눈물이든 간에 지금도 마를 새 없는 티눈으로서의 "눈알"은 "어느 자리에도 섞이지 못"하는 장면들을 품었습니다. 쓰라린 상처, 반납하고 싶었던 감정의 목록이 늘어날 때마다 짙어지는 "그림자의 이력"(「그림자극」)은 이곳의 이력과는 다른 행간에 쓰일 테며, 누군가가 "살아갈수록 가슴에/이별이 더 많이 적힌다는/뜻"(「내 시간을 외등처럼 켜 놓고」)을 써 넣었다면, 그 행간만큼은 한참 동안 눈빛이 머물러야만 했을 것입니다.

시냇물 속에 누가 별빛 한 점 내걸었다
바람이 닦아 놨을 잔물결 소리 만지작거리며
별은 반짝반짝 빛난다
시냇물은 오래된 기억일수록
더 맑게 닦아 놓는다

지푸라기 끝에 대롱대롱 매달려 있다가
또옥똑 떨어지는 짚시랑물을
손바닥에 받아내던 가시내 눈알 속에도
저렇게 별이 반짝였다

뒷머리 갈래 내어 참새 꽁지같이 묶어서
목선이 더 가늘어진 별
시냇물 속 깊숙한 데서
쌀알처럼 빛난다

—「별」 전문

이 시집에 여러 번 등장하는 '옥이'에 대해 궁금했던 적이 있었습니다. 아련한 첫사랑의 이름이었을까요. 난데없이 "어린 날의 토막"(「모닝커피 · 1」) 하나가 길 위를 걷던 발에 차입니다. 세월이 흘러 이제는 얇고 흐릿해진 탓에 잊고 있었던 그때의 추억 한 장면이 손끝에 감기면서 그동안의 얘기를 서서히 풀어냅니다. 떨어지는 물방울을 받아내던 손은 여전히 곱고 따뜻할까요. "웃을 때마다 손으로 입을 가리던"(「눈 내리는 밤에」) 그때의 "가시내와의 기억"을 대롱대롱 떠올릴 때면, 지금 밤하늘에 떠 있는 별도 그때의 눈동자처럼 생생하기만 합니다. 그러다가 난데없이 바람이라도 분다면, 반짝이던 빛이 갑자기 "내 눈을 찌르듯 엉기던 불씨"가 되어 나도 모르게 다시 고개를 숙여 눈물을 흘려야만 했을 것입니다.

위 시에서 별빛 한 점과 나란히 걸린 "오래된 기억"은 빗방울 소리를 닮아서인지 무슨 신호처럼 들리기도 합니다. 기억과 현재가 물방울과 지면처럼 부딪칩니다. 소리는 희미하지만, 바닥은 서서히 젖어 갑니다. "땅에 납작해진 저 숨결"(「꽃잎」)은 누군가의 온기를 찾아 곳곳을 헤맵니다. 맨몸과도 같은 헐벗고 외로운 상황일수록 더욱더 뚜렷해집니다. 몸을 최대한 웅크리고 온기를 갈구하게 됩니다. 아무리 "내 몸과 마음이 처음부터 유배지"(「코스모스」)였다고 해도 지금껏 살아남을 수 있었던 것은 "쌀알"처럼 작은 빛 때문이었습니다. 연약한 것으로부터 나오는 일용한 양식들은 하나같이 둥근 모양을 하고 있었고, 이것들은 계속해서 살아 있으라는 신호가 되어 내 머리 위로 똑똑 떨어집니다.

천막 지붕에 또옥똑
떨어지는 빗방울 소리
귀가 맑게 트인다
비에 젖어 눈알 빛내는
떡갈잎들 거두며 가을은 깊다
운동장에 무작정 투신하는 빗방울처럼

목숨에 기댄 적 없어도

어머니의 가난과 농성 천막을 물려받았으니

가을을 배웅해도 되겠다는 듯

오목가슴이 쫙 펴진다

강의 들어간 동료들 기다리며

또옥똑 귀가 트이는 빗방울 소리

내 마음에 적힌다

—「또옥똑 귀가 트이는」 전문

천막은 시인에게 이중적인 공간입니다. 얇은 천 따위로 대충 임시 거처처럼 만들어진 곳에 몸을 구겨 넣었어도 바깥에서 나는 소리는 여지없이 안으로 들어옵니다. 조금도 생략되는 법이 없는 소음이 외로운 마음을 더욱 짓누릅니다. 부조리 앞에 당당하게 농성하던 천막 안에서는 더욱 그러했을 것입니다. 하지만 함께 물려받은 "어머니의 가난"으로 인해 비록 풍족하지는 않았지만 따뜻하게 몸을 의지할 수 있었던 것처럼 이곳 천막은 귀를 맑게 틔우는 곳이기도 합니다. "빗방울 소리"를 비롯해 어느새 깊어진 가을 공기도 조금만 천막을 걷으면 금방 느낄 수가 있었습니다. 농성을 하는 내내 죽음까지 떠올렸던 모진 마음이 "생의/한 꺼풀을 벗는 순간은/이렇게 홀가분한 것이구나"(「덜 쓴 축문」)라며 한풀 꺾일

때도 있었습니다.

농성 중에도 강의를 손에 놓을 수 없었던 동료들이 자리를 비운 천막 주변은 어수선할 때가 더 많았습니다. "운동장에 무작정 투신하는 빗방울처럼" 그렇게 생의 한복판에서 던져졌다가 결국에는 모두가 똑같이 땅에 스며들 운명임에도 누군가는 견리망의見利忘義하여 선량한 동료들을 이편과 저편으로 함부로 나누었습니다. 부조리에 대한 오랜 항거는 "녹다 만 쓸개 간장을 더 납작하게 지지"(「내 그림자」)고, 절망과 분노를 땐 덕에 생겨난 마음의 "밑불"(「길갓집」)이 불쑥 혓바닥을 내밀며 입을 다십니다. "바닥이 지글거려도 물 한 모금 달라는 소리"(「내 그림자」)를 내지 못한 이유는 "내가 왜 실업자가 되었는가를"(「물살」) 곱씹으면서 "이슬에 젖어 바닥에 떨어진/판결문"(「글씨는 죄가 없다」)을 바라보는 내내 그 꾸덕함이 입 안에 가득했기 때문일 것입니다.

본관동 앞 농성 천막 곁으로
마을버스가 삼십 분 간격으로 들어왔다가
학생들을 태우고 떠났다
나는 엔진 소리만 듣고도 시간을 짐작한다는 듯
천막 기둥에 머리를 기대곤 했다
그러다 빵빵거리는 소리에 놀라 눈을 번쩍 뜨면

"동료를 해고시키겠다는 구조조정 안에
과반수 가까운 동료들이 찬성표를 던졌다
2017년 2월 13일이었다
문득 중국 단편영화 〈44번 버스〉가 생각났다
내 숨소리를 똘똘 뭉쳐 검처럼
뽑고 싶었던 걸까
밤늦도록 베갯잇이 달빛에 빛났다"라고

2년 전 일기장에 써 놓은 글씨가 천막에 어른거렸다
동료라고 믿었던 그들의 시간은 알 수 없었다

—「버스」 전문

천막의 안과 밖은 전혀 다른 시간대입니다. 이 시차時差는 너무나 커 보입니다. 학생들이 모두 떠난 학교의 적막함이 얇은 천막 사이로 스며 들어올 것 같습니다. 굳은 의지로 간신히 버티고 있어도 갑작스레 천막 안으로 쳐들어오는 누군가의 무관심과 짜증 섞인 경적에는 깜짝 놀라기도 했을 것입니다. 벌써 2년이나 지났음에도 정작 바뀐 것은 아무것도 없어 보입니다.

위 시를 읽고 나서 영화 〈44번 버스〉를 찾아보게 되었습니다. 버스의 승객들이 눈앞에서 벌어진 극악무도한 상황을 외면하고 있을 때, 홀로 극렬하게 저항했던 남자는 영화 마지막에 유일하게 살아남았습니다. 버스에 탔던 승객들이 모두 죽었다는 것을 전해 들은 그는 미묘한 표정을 짓습니다. 미소를 짓는 것처럼 보이지만, 이것은 시차視差에 따라 달리 보일 수도 있을 것입니다.

이 영화가 상영된 뒤에 관객들의 반응은 상당히 엇갈렸다고 합니다. 인과응보로 통쾌하다고 본 사람들도 있지만, 그래도 단지 방관을 했다는 이유만으로 전부 죽여서야 되겠느냐는 반응도 있었습니다. 실화를 영화화한 것이라는데 어쨌든 당시에도 사람들에게 꽤나 큰 충격을 안겨 준 사건이었습니다. 사건에 대한 평판은 시간이 알아서 해 줄 일입니다. 마찬가지로 우리가 "일기장"을 언젠가 다시 읽게 된다면, 우리에게도 "그들의 시간"을 어떠한 방식으로든 평가해야 할 시간이 분명 올 것입니다. 또 하나 분명한 사실은, "잣대로 잴 수 없고 저울에 달 수도 없는 우리 시간"(「입술」)이 그들의 시간과는 다르다는 점입니다. 인간다운 온기를 느꼈던 순간을 항상 "몽당연필처럼 아껴 쓰자고/가만가만 숨소리 나누던 밤"에는 유독 연필 끝이 날카롭게 다듬어져 있었습니다.

위 시에서 "내 숨소리를 똘똘 뭉쳐 검처럼/뽑고" 싶다는 구절이 아름답고도 섬뜩하게 빛납니다. 앞서, 천막은 시인에게 이중적인 공간이라고 하였습니다만, 어느

새 이곳은 치열한 전장戰場으로 바뀌었습니다. "본관동 앞 농성 천막"은 지형상으로 어디에도 더는 피할 곳이 없어 보이는 사지死地와도 같습니다. 시시각각 "내 목숨을 노리는 적들"(「노을이 질 때」)이 쳐 놓은 촘촘한 "포위망" 앞에서 시인에게 남은 유일한 무기는 "볼펜 한 자루뿐"입니다. 볼펜심의 끝이 날카롭게 다듬어졌던 그 옛날의 몽당연필과 닮았습니다. 오늘도 천막 주변의 밤은 어둡고 적막하지만, 시인의 하얀 종이 위에는 속필速筆로 쓰인 글씨들이 서로 뒤엉켜 웅웅거리고 있습니다. 언젠가 "흰나비 집배원 붙들고/편지를"(「능소화」) 썼으니, 이제부터는 벌처럼 날아가 그들의 급소를 날카롭게 찌를 것입니다.

이별이 더 많이 적힌다

2024년 4월 5일 1판 1쇄 펴냄

지은이 이병초
펴낸이 김성규
편집 김안녕 한도연
디자인 신아영 신혜연
펴낸곳 걷는사람
주소 서울 마포구 월드컵로16길 51 서교자이빌 304호
전화 02 323 2602
팩스 02 323 2603
등록 2016년 11월 18일 제25100-2016-000083호

ISBN 979-11-93412-36-7 04810
ISBN 979-11-89128-01-2 (세트)